$L^{27}_{n.}$ /9516.

L²⁷n. 19516.

LETTRE

A Monsieur

De Chieffrias De Layens,

PAR

Le Comte Alphonse de Thieffries.

CAMBRAI,
Imprimerie de **LESNE-DALOIN**, Libraire.

MDCCCXXXIII.

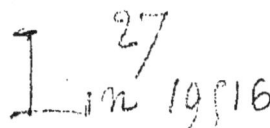

Cambrai, le 7 Juin 1833.

MONSIEUR ET COUSIN,

Nous paraissons convaincus que le public se trompe, vous sur le jugement qu'il porte sur votre conduite, moi sur l'opinion qu'il s'est formée sur les principaux faits du procès et les calomnies débitées contre moi.

Plates et lâches, je les aurais laissé tomber, si on ne les accréditait pas auprès de Melle. votre fille, en la circonvenant de telle sorte, qu'il lui est impossible d'en juger par elle-même. Je ne vois rien de plus clair que mes lettres, pour instruire le public et rectifier son opinion sur les hommes ; quant aux faits qui me sont reprochés et aux bruits calomnieux, je m'empresse de les reprendre.

On dit que je suis fou!

Je suppose que c'est parce que j'entreprends d'éclaircir une affaire, que tout le monde veut embrouiller, et qu'une seule personne, Melle. Henriette de Thieffries de Layens, a intérêt à sortir du chaos. Sur cet article, on voudra bien attendre, pour m'interdire, que quelques faits bien avérés viennent à l'appui.

On dit que j'ai le projet d'empoisonner Melle. de Thieffries de Layens, ma cousine; cela est encore fort évident! — Je demande sa main: si elle m'accepte, sa fortune me vient toute entière. Si elle succombait, au contraire, je n'aurais que le quart de cette même fortune; d'ailleurs, mettant de côté un raisonnement aussi déplacé, mes allures sont-elles cachées? ai-je l'air d'un homme mystérieux, ayant de ténébreux projets? Tout le monde ici sait qui je suis; on me voit partout où le public se porte; le hasard seul m'a empêché d'aller dans la Société de Cambrai;

à la moindre question, j'annonce que je veux me rapprocher d'une famille que j'aime et qui est trompée ; l'homme qui a intérêt à vous tromper est bien connu. — Est-ce ainsi que se comporte un empoisonneur ?.

On dit que ma conduite est peu régulière ; sur quoi établit-on ce reproche ? — On ne me cite jamais de faits. Si je n'ai pas entamé une carrière depuis long-temps, cela n'a pas toujours dépendu de moi ; mon oncle, le premier, m'en a détourné, puis la politique et les événemens sont venus à la traverse ; moins que jamais, maintenant, je me ployerais aux places les moins élevées.

Venons enfin aux reproches qui ont l'air plus solides, parce que l'on a supposé des bases.

1.° La conduite tenue par mon père, pendant le procès! On suppose que vous, M. de Layens, ayez eu le désir de vivre tranquille, en possession d'une fortune destinée à d'autres héritiers, et que vous ayez été fort à plaindre d'être tourmenté par les chicanes d'un de ces héritiers directs. Cependant, vous savez bien, Monsieur, qu'en vous saisissant du testament, vous n'avez pas dit un mot pour conserver la bonne intelligence entre nous; et si vous assistiez aux levées des scellés, ce n'était que parce que notre amitié pour vous nous avait engagé à vous retenir.

Je puis dire cela, parceque j'attribue votre conduite aux conseils de **M. B.**

2° On reproche des propos tenus pendant le cours du procès?

Faites comme moi, Monsieur; cherchez qui avait intérêt à ce que la mésintelligence régnât entre nous: vous aurez bien vite trouvé l'homme dont la fortune s'est si fort accrue depuis peu d'années. *J'accuse Boca, parce qu'il a fait gagner le procès!* Je l'accuse seulement d'avoir empêché un arrangement que j'ai toujours cherché, tandis qu'il n'a jamais agité cette question que légèrement, comme une chose impossible à faire. Depuis quelques années, mes lettres le prouvent assez.

Plus anciennement, vous devez vous souvenir d'une visite que j'ai fait au château de Paillencourt, où j'ai demandé sans cesse ce que l'on voulait, pourquoi on ne désirait pas en finir. Démarche qui fut sans succès.

3° Maintenant, on dit que tout le procès étant fini, mes démarches n'ont aucun but.

On se trompe grossièrement : si vous saviez vos affaires, vous sauriez que la liquidation de partage entre mon oncle et mon père, bien que convenue entre eux, n'est pas terminée ; que même pour le testament, on peut vous tirer de votre erreur d'une manière fâcheuse pour vous, sans compter la prise du nom.

Tous ces vains motifs prouvent assez que l'on vous trompe, et que je dois, dans l'intérêt commun, vous obliger à m'entendre.

Laissons parler mes lettres.

A M. THIEFFRIES DE LAYENS.

Cambrai, le 24 Avril 1829.

MONSIEUR ET COUSIN, (*)

J'arrive à Cambrai avec un pouvoir de mon père, pour terminer la difficulté qui se plaide à Douai.

J'ai cru pouvoir, en me présentant devant vous, parvenir à terminer des débats funestes, compter sur le désir de concorde et de tranquillité qui m'animait, et sur la pensée que je ne devais pas avoir perdu votre confiance ; car, vous ne m'imputerez pas à tort d'avoir, seulement aujourd'hui, obtenu de traiter avec vous.

Espérant à l'avenir avec vous, mes cousins, les relations amicales qui existaient autrefois, parce que je me suis mis en position

(*) Quand ces lettres ont été jetées sur le papier, je n'avais pas le projet de les faire imprimer ; une fois écrites, je n'ai pas voulu changer le style ; il est tout-à-fait l'inspiration du moment.

de les mériter, je vous assure des sentimens respectueux

De votre très humble et très obéissant serviteur, etc.

RÉPONSES.

Cambrai, le 25 Avril 1829.

MONSIEUR,

L'affaire qui se plaide, en ce moment, à la Cour royale de Douai, ne peut se traiter ici même, pour parvenir à se concilier, c'est à Valenciennes, MM. Dupont et Boca étant respectivement au courant de cet objet.

J'ai l'honneur d'être, avec une parfaite considération,

Monsieur,

Votre très humble serviteur,

Signé, THIEFFRIES DE LAYENS.

Cambrai, le 26 Avril 1829.

Monsieur,

La conduite extraordinaire que Monsieur votre père a tenue à l'égard de mon frère, chef de ma famille, me prescrit le devoir de n'avoir aucun rapport avec la sienne.

J'ai l'honneur d'être,

Signé, LOUIS DE THIEFFRIES.

Valenciennes, 27 *avril* 1829.

Monsieur,

M. Boca et moi aurons l'honneur de vous attendre vendredi prochain, 1er Mai, à 3 heures de l'après-midi.

J'ai l'honneur de vous saluer et d'être

Votre très dévoué serviteur,

Signé, DUPONT, *Avocat.*

Valenciennes, 7 mai 1829.

MONSIEUR,

J'ai l'honneur de vous informer que **M. Boca** m'a dit ce matin qu'il n'y avait aucune espèce d'arrangement à prétendre dans les affaires qui concernent Monsieur votre père ; je vous préviens, en conséquence, que toute réunion devient désormais inutile, que je n'assisterai à aucune, et que ce soir, je retournerai les pièces à **M. Laloux**, avocat à **Douai**, pour qu'il soit promptement décidé sur l'appel interjeté par **M. de Layens**.

J'ai l'honneur de vous saluer et d'être,
Signé, **DUPONT**, *Avocat.*

A M. THIEFFRIES DE LAYENS.

Cambrai, le 9 Mai 1829.

MONSIEUR,

Vous savez avec quels sentimens je suis

venu dans ce pays, vous devez aussi savoir ce que je pense à mon départ.

Vous avez répondu à mes désirs de conciliation en m'envoyant à Valenciennes ; j'étais venu pour savoir vos intentions, les seconder si cela m'était possible : je n'ai donc pas hésité à m'y rendre.

Je voulais faire oublier le passé, éviter que l'avenir, qui seul pouvait être en mon pouvoir, vît encore la justice s'occuper de nos affaires.

J'avais cru voir là mon intérêt, le vôtre surtout ; j'arrivais avec confiance et je croyais l'obtenir aussi de vous ; l'entremise de M. Boca aurait pu me blesser, si mon désir n'avait été d'obtenir la paix à quelque prix qu'il eût été en mon pouvoir de l'accorder ; elle devait du moins m'instruire de ce que vous vouliez, et me mettre à même d'y répondre, je l'ai donc entretenu avec franchise.

Dans cet entretien, rien n'a pu le détourner du but auquel nous devions tendre tous deux ; ce but devait être atteint à une seconde conférence.

M. Boca a refusé cette seconde entrevue, et n'a pas fait dire le motif qui l'en éloignait.

Dois-je maintenant me contenter de l'étonnement que ce refus a produit, et partir aussitôt, ou vous prier de me dire si désormais la moindre affaire devra toujours être portée aux tribunaux? Si jamais un arrangement ne pourra être conclu? Si enfin la chûte complète de l'un ou de l'autre est le seul terme que vous consentiez à mettre à nos débats.

Je le répète, en attendant votre réponse : personne n'est plus que moi en position de faire oublier ce qui s'est passé ; mon arrivée ici aurait même pu en faire oublier une partie.

C'est toujours avec les mêmes sentimens que je vous assure de la promptitude avec laquelle je saisirai l'occasion de me dire, comme jadis,

Votre dévoué serviteur et Cousin,

SANS RÉPONSE.

Cambrai, le 12 Mai 1829.

MONSIEUR,

Je vous retourne la procuration de Monsieur votre père, que vous avez bien voulu me communiquer par la vôtre de ce jour, je la trouve beaucoup trop étendue pour devoir m'en occuper, et n'ayant aucun rapport avec l'affaire actuelle, en instance à la Cour royale de Douai.

J'ai l'honneur d'être votre très humble serviteur,

Signé, **THIEFFRIES DE LAYENS.**

Cambrai, le   mars 1833.

A M. BOUCHELET DE LAFOSSE.

Je prie quelqu'un qui sera instruit de votre présence en cette ville, de vous remettre ce mot.

Nous nous connaissons depuis long-temps : j'espère qu'il me suffira de m'offrir à vous pour réunir nos efforts et parvenir à nous entendre.

Pour ne pas être refusé, comme je l'ai été jusqu'à présent, et nous éviter ainsi bien de l'inquiétude, je vous demande un entretien de suite : donnez-moi l'heure et le lieu qui devra nous réunir.

SANS RÉPONSE.

A M. THIEFFRIES DE LAYENS.

Cambrai, le 10 mars 1833.

Il est incroyable, Monsieur, que vous ne vouliez pas m'admettre et m'écouter, que ma demande de conciliation soit rejetée par vous ; je dis incroyable, parce qu'il vous est facile de voir que les motifs que l'on vous donne pour vous empêcher de me recevoir, sont faux et indignes. — Incroyable! Parce que vous devez connaître mon caractère et celui de M. Boca, ainsi en faire la différence.

— Incroyable! Parce que le même nom et le même intérêt nous unissant, vous n'admettez auprès de vous que des gens qui vous abusent, qui, honnis par tous les honnêtes gens, s'approprient vos dépouilles, et qui, enfin, sont assez lâches pour faire courir des bruits infames sur moi, et ce qu'il y a de pis, sur votre fille, afin de se trouver seuls arbitres de son sort.

Maintenant, voici une partie de ce que je voulais vous dire, avec le sang-froid d'un homme qui, chaque jour, s'éclaire sur sa position vis-à-vis de vous, et qui est décidé à faire triompher la vérité, dût-elle lui être fatale.

Fort de l'affection de mon oncle, du respectueux attachement que je conserve à sa mémoire, me souvenant très bien de l'amitié que vous me témoigniez, avant l'époque qui vous a éloigné de nous, et de toutes les circonstances qui se grouppent à la suite de cette époque, sans demander ce que sont devenues les instructions que vous avez alors annoncées, je serai toujours prêt à vous présenter les moyens de finir nos discussions, jusqu'au moment où je serai obligé d'y renoncer tout-à-fait pour recommencer cette guerre en mon nom et sur de nouveaux frais ; en attendant, je vous remettrai sous les yeux que les affaires qui vont s'entamer ont été préparées par mon oncle et mon père ensemble : que celle qui est à Paris, n'a sûrement pas passé sous vos yeux ; vous l'eussiez arrêtée, car elle nè peut flatter que M. Boca.

Le comte de Caumont, avec lequel vous avez fait la guerre, et qui se rappelle de ce temps avec plaisir, m'a chargé, à mon passage à Avignon, de vous assurer qu'il vous conserve les mêmes sentimens d'amitié ; sa santé, quoique délicate, était assez bonne.

Cela m'avait échappé, lorsque je vous écrivis.

SANS RÉPONSE.

Mars 1833.

A Mme Ve LEROY.

Vous devez m'en vouloir, d'avoir fait des

demandes pour voir vos frères et de ne pas
en avoir fait près de vous ; mais aussi, j'ai
pensé qu'il serait encore pis de les continuer
sans faire voir que je ne vous avais pas ou-
bliée. D'un autre côté, je crains de ne plus
vous trouver sous la même influence ; cependant, votre cœur m'est connu, et si je crains
un refus de lui, je le sais trop équitable pour
que ce soit sans m'entendre. Cette réflexion
m'enhardit....

La calomnie me présente ici envoyé par
mon père, pour mettre à exécution d'indignes
projets ; quand, au contraire, je viens lutter
contre une infernale machination, et cela
sans autre impulsion que la mienne.

Je suis ce que vous m'avez connu : mon
but, c'est une conciliation réelle et franche,
j'ajoute facile, parce que tous les intérêts peuvent être ménagés. Je vous donne ma parole
qu'on trompe M. de Layens ; je puis aisément
le lui prouver. Je suis pour lui un revenant,
car il craint de me voir. Le même sentiment
vous animerait-il contre moi ? Dieu m'en pré-

serve. Je n'insiste maintenant qu'avec la confiance fermé et intime, que vous n'avez pas oublié un cousin dont le tendre et respectueux attachement pour vous et les vôtres, est inaltérable, quoiqu'il ait été silencieux.

J'ai l'honneur d'être, etc.

RÉPONSE.

Ce 15 mars 1833.

MONSIEUR,

La conduite tenue par votre branche, envers un membre de la mienne, ayant rompu entre nous toute relation de famille, vous pouvez vous dispenser de vous présenter chez moi.

V. LEROY, *née* THIEFFRIES.

Dimanche, 17 mars 1833.

A M. THIEFFRIES DE LAYENS.

MONSIEUR,

Ne me répondant pas, vous donnez lieu

à beaucoup de conjectures trop favorables pour moi ; prenez y garde. Seulement, si vous croyez que je me lasserai, je dois encore vous assurer que mes obsessions ne peuvent avoir de fin, que celle que je me suis assignée. Mais le terrain changera, et je dois continuer à vous en avertir. Vous avez tort de vous plaindre de mon père ; il n'a été que maladroit ; aussi le public le juge bien, vous aurez beau faire, les faits et les papiers sont là.

Mais cette question n'est pas la mienne, et vous devez en conclure que, ne l'ayant pas approuvé, je ne marcherai sûrement pas comme mon père.

Veuillez vous souvenir, qu'user d'un testament pareil, sans faire entendre que vous étiez disposé à faire un arrangement, était réellement une attaque devant laquelle on ne devait pas faiblir. Quant aux propos, je le répète, ils viennent de M. Boca qui, n'ayant pas le même nom que nous, a intérêt à envenimer les débats.

Je ne suis ni d'âge, ni de caractère à me rebuter, ayant pour moi tous les avantages ; de plus, j'ai vu ma cousine Henriette, j'ai entendu faire son éloge, cela m'encouragera, si quelques obstacles me retardent.

J'ai l'honneur, etc.

SANS RÉPONSE.

A M. THIEFFRIES DE LAYENS.

Cambrai, le   mars 1833.

Comment Monsieur, vous gardez le silence!

Lorsqu'après dix ans de procès, j'en appelle à votre honneur, à votre conscience!

Lorsque mettant l'amour-propre de côté, je viens dans votre intérêt, dans celui d'une fille que vous devez aimer, vous demander comment vous voulez que ces débats finissent.

Lorsque je me plains d'affreuses calomnies répandues contre nous tous, et que je veux les faire cesser.

Pourquoi n'imposez-vous pas silence à ceux qui répètent sans cesse à ma jeune cousine que je veux l'empoisonner ! Puisque l'on m'accuse devant elle; qui m'empêche d'interroger son cœur, que tout le monde reconnaît bon et vertueux ; de lui dire : « quand nous nous sommes quittés, nous étions trop jeunes pour prendre un parti qui fut invariable ; maintenant je vous retrouve digne de tous les hommages, restreinte à ceux de M. B., dont l'opinion publique fait justice chaque jour. Vous devez donner votre main et une fortune qui m'a été enlevée, à un étranger, qui devra ajouter un nom au sien. Eh bien, ce nom est le mien ; vous n'avez pas de reproches à me faire, laissez-moi vous le donner. Au lieu de tenir d'un certain nombre d'années, que l'on vous fait passer isolée du monde, une augmentation de fortune, que vos proches la tiennent de vous-même ; je suis le premier à vous le proposer, mais acceptez maintenant un cœur qui se donne à vous sans réserve, et veut consacrer,

le plutôt possible, ses jours à faire votre
bonheur. »

Qui pourrait me reprocher une telle conduite, à moi qui me défens au lieu d'accuser,
à moi que l'on évite, lorsque je provoque
toute accusation?

SANS RÉPONSE.

A Mme THIEFFRIES DE LAYENS.

31 mars 1833.

Mme ET COUSINE,

Vous aviez jadis de l'amitié pour moi, je
la méritais par la sincérité et l'abandon de
mes actions et de mes pensées. Ferme et invariable dans mes sentimens, je n'ai pas cru
que vous m'ayez jugé aussi mal qu'on le dit.
Mais j'ai voulu que mes démarches vous
soient des garanties sur ce que vous pouviez
attendre de moi, après quelques années pas-
sées loin de vous. Toutes les impostures qui
nous ont séparé, tomberont quand vous

voudrez me voir ou me donner un intermédiaire à qui je puisse parler. J'ai prié M.
de Layens de rompre avec les B. ; je puis
croire qu'il a eu quelque confiance dans
ma prière, puisqu'il est arrivé hier sans
en amener. Cependant, jamais les lettres
que je lui ai adressées n'ont obtenu de réponse,
et je pourrais, si je ne ménageais toujours
votre caractère et le mien, aller la lui demander moi-même.

Ces liens d'amitié, dont vous savez que je
fesais tant de cas, peuvent se resserrer encore, votre cœur et le mien peuvent y gagner, en cherchant ensemble à faire le bonheur de votre chère fille.

Ayez confiance dans ma loyauté et ma franchise ; si quelque légèreté dans ma conduite
passée, a pu vous blesser, que ce soit un sentiment commun qui dirige nos paroles ; di-
tes le moi, je me disculperai, ou mériterai le
pardon si j'ai failli. Ma chère Cousine, c'est
une mère que j'invoque pour le bonheur de
ses enfans, vous l'établirez vous-même et je le

mettrai à exécution. Si vous ne voulez pas encore me voir, adressez-moi quelqu'un avec qui je puisse m'entendre.

> *En parent dévoué, j'ose me dire*
> *votre très humble, etc.*

SANS RÉPONSE.

Cambrai le   avril 1833.

A M. THIEFFRIES DE LAYENS.

Vous ne voulez pas du titre de cousin, mais au moins vous n'avez pas oublié que nous sommes parens, que vous me l'avez souvent donné, et je sais que de tout temps nos deux branches ont eu de fréquens rapports d'amitié entr'elles; qu'il est donc impossible que nous soyons étrangers l'un à l'autre; quels que soient les hommes et les affaires qui se glissent entre nous, vous ne pouvez m'oublier, et je sais toujours que j'ai été bien accueilli chez vous; je sais même, que lorsque je vous ai connu, mon père n'était pour rien dans nos relations;

qu'ayant un caractère ouvert et peu crain-
tif, je ne voulais voir, dans mes parens que
des amis, et non de simples connaissances.
Mais si je me livre sans réserve, ce n'est
pas aveuglément; J'ai pu juger nos rapports
et les bien apprécier, et je suis intimement
convaincu que ce serait une erreur de croire
que vous pourrez m'éloigner sans explication,
n'y eut-il pour base de cette pensée, que le
nom seul.

Je me présente donc encore devant vous,
en dehors de toute forme de justice, pour
n'avoir pas d'intermédiaire entre nous; je le
fais froidement, avec toute la réflexion formée depuis plusieurs années. Je vous prie
de m'entendre pour arriver enfin à une conciliation réelle, finir des débats qui troublent
mon existence, et où la présence de M. B.
est une humiliation pour tous; le temps et le
lieu m'inquiètent peu; d'ailleurs il est évident
que les intermédiaires nous ont empêché de
nous entendre, nos intérêts étant les mêmes.

SANS RÉPONSE.

A M. THIEFFRIES DE LAYENS.

23 *mai* 1833.

MONSIEUR ET COUSIN,

J'ai beaucoup de patience, je dois encore
en faire preuve, jusqu'à ce que vous vouliez
bien ouvrir les yeux; car, vous devez un jour
vous désabuser, voir clairement que je ne
suis pas un enfant qu'on laisse de côté et
mystifie. Que le monde fasse des plaisante-
ries sur les affections de cœur, cela se conçoit ;
l'esprit doit servir de manteau à l'immora-
lité ; mais avec une famille qui tient à son nom,
je n'entends pas que l'on puisse jouer avec
les calomnies que vous créez, ou que vous
approuvez en les répétant.

Vous êtes placé entre moi et **M. B.**, j'ai
en mains les preuves que ce dernier n'a pas
voulu m'entendre lorsque vous m'avez adres-
sé à lui, qu'ainsi, l'éloignement qu'il vous
engage à manifester pour moi, a été calculé ;
je puis aussi aisément prouver que je vous

ai donné, à mesure que je me suis plaint de
lui, les motifs que j'avais pour cela, sans
que j'aie jamais été étonné du titre de cousin
que vous lui donniez, et de l'amitié que vous
lui faites témoigner par votre famille, quoique je puisse le faire. Il est bien clair que
l'aversion que je montre pour **B.**, ne peut
être attribuée aux conséquences du procès, puisque j'ai toujours cherché, non à
vous le faire perdre, mais à le faire finir,
comme il devait finir, en demandant la main
de ma cousine Henriette; mais bien à sa
conduite à mon égard, et aux lâches calomnies qu'il répand. Je ne m'en plains que
parce que vous ne voulez pas m'entendre
pour les faire cesser; je différerai, en faveur
de mademoiselle votre fille, tant que je le
pourrai, à remonter à leurs sources.

C'est une erreur de croire que je me lasserai, tant que vous ne ferez que des réponses
évasives; que je verrai, dans ma cousine Henriette, une victime trompée, et que je serai
debout pour protéger elle et mon nom; vous

pouvez compter sur ma persévérance à employer les moyens que l'honneur me dicte pour contrebalancer les mielleuses fourberies de votre conseiller.

En appelant toujours à l'intérêt commun, et à ce que j'ai déjà dit dans mes lettres précédentes, je vous demande toujours de m'entendre *sans prévention*, la douceur que j'emploie, n'est pas de la crainte ; tous les gens d'honneur vous engageront à m'entendre.

Je compte sur une réponse pour m'éloigner quelques jours.

Si mon écriture est difficile à lire, je puis faire imprimer mes lettres, je les ai toutes.

SANS RÉPONSE.

Vous souvenez-vous de ce que vous avez répondu à tant de démarches, de prières instantes ? *Rien de commun entre nous,* avez-vous dit : ne voyez-vous pas que cela est impossible ? Avez-vous oublié que nous portons le même nom ? (moi qui me souviens très bien vous avoir entendu dire que j'étais le seul

rejeton de la branche aînée de notre famille,
et votre fils, le seul de la branche cadette), je
tiens à mon nom; que j'ai plus d'un motif
pour vouloir rendre une existence heureuse à
mademoiselle votre fille : que son bonheur
futur est bien compromis : que maintenant,
elle est victime de l'éducation négative qu'on
lui donne pour la séquestrer du monde en
lui présentant la famille **B.** comme ce qu'elle
peut imiter de mieux, de plus distingué, où
il y a le plus de vertus.— Croyez-vous que
moi, dont vous connaissez la vie indépendan-
te, je laisserai durer d'éternels procès, des
bruits facheux pour tous? Non, mille fois
non; mon sang coulera, c'est possible, mais
si vous ne m'écoutez pas, je parlerai tant
qu'il m'en restera une goutte.

Que faites-vous pour ce bonheur, auquel
je m'intéresse tant? Bien loin de lui faire quelque sacrifice, vous sacrifiez votre fille à tous ses
parens, même à *vos amis;* cela sans nécessité,
car je le répète sans cesse, ce n'est pas tant sa
fortune que le nom qui m'occupe. Que made-

moiselle votre fille vous abandonne, comme je l'ai déjà proposé, plusieurs années de revenu. Je le demande, que voulez-vous de plus?

Mais au moins, puisque vous avez annoncé que vous ne vouliez pas qu'elle fut influencée, laissez-la donc libre de me rejeter après m'avoir reçu quelque temps (elle ne m'a pas parlé depuis douze ans), car il lui faut des motifs bien puissans pour m'éloigner ; ou bien continuez à l'anéantir pour ainsi dire, comme vous faites, en l'engageant à rester toujours fille ; et plus tard, quand vous serez obligé d'en venir au mariage, cherchez quelqu'intrigant qui ait besoin d'un nom et d'une fortune : alors vous me trouverez inflexible pour m'y opposer et vous dire : Si elle n'est pas à moi, elle ne sera à personne !

Votre tout dévoué Cousin ,

Le Comte ALPH. de THIEFFRIES.

www.ingramcontent.com/pod-product-compliance
Lightning Source LLC
Chambersburg PA
CBHW061618180626
46818CB00005B/2133